U0123253

陳義芝詩集

無盡之歌

目次

【自序】在詩的無邊曠野　8

輯一　時間是青苔

三十三間堂　16
斜坡　20
最遠——致春天　22
迷穀　26
歌哭　30
背影　34
菅芒搖曳　38

蓮池肉身　42
螢火　44
記憶四首　48

輯二　子夜歌

蝴蝶啊，蝴蝶　54
創世之年　56
木門　58
夜吉他　62
蘇珊——春夜，想起 Leonard Cohen　64
子夜歌　66
月光下的拉鍊　70
遇見出走的女兒　74
春天露台　78

輯三　遙想千年

嬝娜——許仙獨白　82
迷路——寄玉真公主　86
詩經流域　90
尋淵明　94
故人蘇東坡　98
永嘉訪靈運　102
謝靈運棄市　104
帶著楚國流亡　108

輯四　有人關燈

有人在嗎——台南震災最後的搜救　116
流人——回顧一九五九那場水災　120

有人關燈　124
回鄉——九二一地震二十週年　128
山林之心　132
論雞性　136
颱風嘴——二〇一八悼一位駐日外交官　138
二〇二〇，看不見的東西　140

輯五　守望

讓茶樹繼續等待　146
金色的雕塑　150
老街　152
炊煙三題　156
芳菲——給陳怡蓁　158
書桌——重讀瘂弦　162

你住紅樹林 166
丹藥引——心道師父贈藥 168
僧衣 170
【本集詩作初刊索引】 174
【附錄】
論陳義芝的詩 鄭慧如 180
陳義芝著作 194

【自序】
在詩的無邊曠野

提筆想跟讀詩的朋友說點什麼，但意念紛紜，一時不知從何說起。桌上堆疊了很多紙張，有的大、有的小，像是埋藏了許久；也有不同思索的筆記，分占紙面的上下頭或左右角。有一些想是一時興起，只開了一個線頭，例如「昨日之日被時間追趕，今日之日依然……」；有一些雖已成段，但不知因緣，例如這樣的分行：「有一處風景叫平坦／奔跑的你啊你／快去找眼睛的斜坡／流淚的花朵……／／沒人發現的名字在樹上／有一窩鳥蛋／沒人發現的驚悸在草叢／有一條花蛇／沒人發現的死亡在前方／有一座斷崖……／／已經消逝的不能回頭／琴聲在水波中翻湧／哀傷是天上的星」。

都是在什麼時間寫下的，無從追索。有的順手標示了日期，有的沒有。已經逝去的不但不能回頭，甚且無從記憶，如果沒有這等零碎的手札，往事就都曝光無痕了，像被河水沖刷的時間，河雖存在，但此刻流的已非從前的水，未來流的也非現在的。我桌上這些不成篇的文字，在時間的大河，未必能張開風帆出海，如不適時整理，很可能如浮木，終致擱淺沉沙。

二〇一五年遷居淡水，山坡有菅芒，水岸一大片紅樹林，河對岸是觀音山，西北方遙指出海口。菅芒秋天抽穗，急景凋年之際盛開，荒郊野外都可看到，生命力強悍。家居後山那一大片菅芒野生野長，晴雨晨昏的姿態不同，有很長一段時間，它們是我可親的鄰人，陪我遙想飛揚恣肆，也陪我領受挫折垂首，直到一大棟樓房蓋了起來。詩的感懷莫非來自一段段人生之旅，對童年的詮釋、對生命現象的觀察，或對過往經歷的省思，輯一篇什，始於寂靜冥想的〈三十三間堂〉，終於「風雨大作天地昏黃」的〈記憶四首〉；〈迷殼〉、〈歌哭〉原有意衍化成我個人一系列的《山海經》，可惜二〇一六年忙於寫論文，一擱筆就難以為繼了。

詩，永遠不會完成，不僅因為生命輪迴無盡、追求無盡，財富權勢且不說它，愛情理想的實踐也難有終了。此生終了之後，還有前世來生的課題，悔傷恨憾的遺緒。

詩如何在無盡的歷史中形成光點，以超越時空的共鳴對應無盡，以騰挪跌宕之姿映照生命的波瀾迭起？——惟愛情作為一種精神啟蒙，憑弔伊甸園的失落，牽引出悲歡、憂鬱、瘋狂，既具有神性又具有迷魅性。沒有千吻之深，沒有暗夜歌吟，必不知詩是靈犀相通的語言，而浪漫實乃生命的本源。輯二的詩，刻畫洪荒交會，如鐘乳與石筍相接，或如上弦月與下弦月交替，以〈創世之年〉、〈木門〉、〈月光下的拉鍊〉為代表。我感覺愛情是迴風、激流，是藐姑射之山的一縷煙；是靈魂的骨骼、生命的韌帶。愛情會相遇，當然也會出走。情詩是心靈的呼喚，使現實人生更完滿。

二〇一二年開始，我參與陳怡蓁製作的趨勢經典文學劇演出，每年在劇場獻詩一首。我以現代意識向古典詩人致敬，起始於一九八〇年代，舊集有〈醉翁操——寄東坡〉（一九八四）、〈草堂沉思〉（一九八八）、〈新婚別〉（一九八九）諸作。這一取材，與我的中文學習背景有關，是我在過去與現在、此處與遠方的懸擺。收在《邊界》詩集中的〈給後來的李清照〉（二〇〇七）、〈東坡在路上〉（二〇〇九），《掩映》詩集中的〈虛舟——蘇軾展演〉（二〇一三）、〈夢杜甫〉（二〇一三），也都屬同一類型。本集輯三加入為劇場演出而寫的〈詩經流域〉、〈帶著楚國流亡〉、〈尋淵明〉、〈故人蘇東坡〉，另描摹了與陶淵明並稱的謝靈運，與李白聯想的玉真公主，及《白蛇傳》中的角色許仙。這一類的寫作，當然會與古代詩人的詩文互涉，也就是西方文論所謂的「互文」。一個現代詩人閱讀古典、追溯文化，正像追溯自己的身世一樣重要。

我在乎凸顯天真的、理想的，也包括內心真實放縱、渴望揮灑的。然而現實眼目積累的紛亂苦痛，總是如影隨形地干擾。詩人既不能自外於時代氛圍，如何審度時勢、獨立思辨，如何以詩介入現實，拿捏分寸？常為我所思。所需拿捏的不是政治正確，而是「抽象疏離」，穿透現象的迷霧找尋答案，不受現實事物拘束，提示意旨而仍保有詩的意境。輯四〈有人關燈〉暗喻政局，

〈論雞性〉有所期望於當代知識分子；〈有人在嗎〉和〈回鄉〉是地震書寫，前者在悲慟中強調「魂魄歸來依舊是家人」的難捨之情，後者則經二十年平復，表現再生的希望。〈二〇二〇，看不見的東西〉描寫新冠肺炎疫情造成的恐懼，及在疫情中仍有「四海一家」切身同情的高貴人性。

最後一輯取材日常生活，包括我生病住院心道師父贈藥、與紅媛去山裡尋茶、走訪汐止彌勒內院、梧棲老街漫步……，都有在地性。比較特別的是〈芳菲〉一詩，回顧趨勢基金會歷年搬演的經典劇目，抉發其精神，以二十年應和緜長的超過二千年的文學輝煌，其中具代表性的典故意象，無不與人世遭遇、人格志向有關，證明詩的題材未必追求詭奇，詩在日用倫常之間，其表現「委折而入情，微婉而善諷」。

現代詩語句長短自由伸縮，轉折空間加大，但在不循古典矩度的創造中，須見其意涵脈絡、聲情體式，不僅講究詩行節奏，更講究通篇章法。章法可以節制意緒亂飛，發覺什麼地方情理單薄，則斟酌補足；語言冗贅無力，則決心芟除。我絕大多數詩稿要求各節的行數整齊，用意在此。

十幾年來印刻出版了不少優秀的文學創作，《無盡之歌》能夠入列，自然是二〇二〇年最為我看重的一件事。謝謝詩人老友初安民、執行編輯林家鵬。八月動手整編時，謄抄改訂了初作於數年前尚未定稿、尚未發表的五首詩：〈斜坡〉、〈背影〉、〈月光下的拉鍊〉、〈論雞性〉、〈夜吉他〉。另一首預計二百行以上的長作〈河岸〉，一時無法定稿；其餘十幾首殘篇理當棄之。附錄鄭慧如教授〈論陳義芝的詩〉，是她節選自《台灣現代詩史》的內容，希望這本詩集的讀者可以連結我摸索過的方向、嘗試過的筆路。

這些年我始終未用臉書，但用Email、Line與外界溝通，也用WhatsApp與極少數知音討論詩。時代的噪音早已淹沒人心的音樂，按我的生活步調，如果再迎向臉書這一座大碼頭的喧囂，必不可免地要在一些日後看來雞毛蒜皮的事件上咳唾表態，喪失孤獨的自我。我寧可將時間與熱情留給我的尤麗狄絲（Eurydice），不必回頭而我希望她一直跟隨著我，沒有日夜疆域的戒律，在詩的無邊曠野，且讓我做一個永遠跋涉的旅人，走向現實未完成的夢境。

二〇二〇年十月三日寫於紅樹林

輯一

時間是青苔

三十三間堂

三十三片門
恆常聚攏著寂靜
任沉香飄到梁間
化入虛空
燭火微微半睜著眼
搖曳透明的枝椏
在世上最寂寞的所在
推開三十三片門

古琴一波波
叩問，何不做風旗
但在如此美麗的地方
風也困惑
旗也困惑
誰做得了自己

如果庭院有沙
有人正尋索
沙是什麼
是經書風化的散頁
寶珠化形的髑髏
還是火宅中千萬渴念
聽見的，看見的

如果眼中有淚
心雷發出電光在
參差的林梢
淚是什麼
是寶瓶傾倒，鐵斧
劈開石中最初那枚印
還是月光隱遁從而
失去的一面鏡

如此美麗如此寂寞
啊下午此刻
風吹三十三間堂
迴廊做思想的道場

19 .三十三間堂

也無山也無海也無沙
天黑了山門就要關
時間是青苔

二〇一四年一月

斜坡

斜坡向上
攀爬石階
石上密生青苔
苔深無人敢踏滑
「一縷淡香獨白，蜜蜂在搬家」

斜坡向上
盤升路樹
樹上蜘蛛結網

編織光的電纜線
「有鳥搶飛，有蟬初醒」

斜坡向下
山澗水流
水聲愈行愈遠
愈無聲
「心思纏成了珍珠窠巢」

斜坡向下
天空雲飛
雲中月移雲動月不動
天地一片空
「俯看殘雪迎來又一春」

二〇一九年三月

最遠——致春天

你到最遠最遠的北方
尋找隱約的旋律
天空極低，歌謠響起
不知走了幾億萬里
去到日的邊界月的邊界
神的法的，也是人的情的

不乘舟車而乘雲雨
在最遠最遠的西方

你調查絳紅的珠果
摩挲獻祭的情慾
大地全裸，河道九彎
迴旋琉璃的空氣

遇見一狐面的天女
柔心如月，弱骨如桃
以香津的唇舌迷醉雨露
以帶電的素手撥開藤蘿
讓沐浴的太陽踰越禁忌
讓火焰墜入一無底的溪谷
凝思著黑夜與黎明
啊，你在最遠最遠的東方

聽一千隻鳥唱歌
看一千條魚游舞
以一萬種風搖曳禾苗
搖曳夢幻的高潮

二〇一四年五月

25 .最遠——致春天

迷彀

風回頭
無數青韭似的海波也回頭
與星光共舞，對望
招搖金桂花的香氣

這時清醒的，一如水玉
深眠的，仍是黑實
我一個人向東走，孤單地
傾聽前方嬰兒的哭泣

也不只嬰兒的聲音在風裡
所有人都在找尋自己，不斷地
有人呻吟，有人砍木
有人生火，有人更衣

穿越蜈蚣的森林我
繼續向東走，看見
丹水向西，更西
水流翻湧一股股潮紅的妒意

穿越歌舞的曠地我
探詢記憶中未忘的聲息
有獸三五不知名，隱身人群

彷彿災癘剛過後

風回頭，扭絞
野鳧似追逐的雲氣
無聲匯聚。紫光沸揚
把明亮的天空向上再向上推舉

黑夜已踩在腳下，這時
但我尚不知：招搖是山還是島嶼
同一時間出生的你
正是我的裸體

二〇一五年三月

29 . 迷彀

歌哭

起初我是不妒的
我既是男孩也是女孩
在河中身為鴛鴦
在陸地身為鳳凰
在夢裡以三顆頭三雙翅膀
飛翔

聽見嬰兒的聲音那是狐
聽見老人的聲音那是鹿

聽見詈罵的聲音那是貍
聽見呻吟的聲音那是禺

俯瞰山谷有丹沙如粟
仰望山巔雲煙似歌謠
我還不能辨識的山谷雲煙啊
只覺是一條條龍的身體
群山都在行拜祀之禮

起初我是不懼的
我捏過蟻蠶拍過青蠅
追打一條花蛇掏空一窩鳥蛋
無情如鴟哀傷如梟
慾望似蜉蝣淺海的紫螺

我唱的歌無人會意
竟以哭字作我的歌名

二〇一五年四月

33 . 歌哭

背影

我張望一個背影
在霧中走著
如日與月的牽引
一縷又一縷的風
或在前而稍駐
或在後而向前
隱晦的星群高懸雲隙
圍繞未滲出光的核心

萬人盯看那核心
聽光影碎裂的撞擊
流冰的細語
像鄰人錯肩招呼
是誰或不是誰的喁喁，在霧裡
沒有什麼問題是問題
因為春天還有一座神山
山中還有一棵神樹

一晃眼無數神思飄搖成空
無數慾望滑落斷崖
雨幕一片片降下，降下
迷離閃爍的光消失
切膚的風也消失

年輕愛恨過的那個背影啊
我轉身回看，始知是
生的憂患

二〇一八年三月

37 . 背影

菅芒搖曳

菅芒搖曳
無聲問起居
遠時曾以
中鋒側鋒交相揮灑
而今豎尾長垂於雨中
不記得說過什麼恣肆的話
寫過什麼飛揚的字

菅芒搖曳

似探人心思
點是心雷，豎是懸針
撇捺都作苦笑
回首驚起一陣陣風
起始於頓首終止於謹白
筆畫恆常一波三折

秋天過後就難以成書
一如皮繩斷開
竹簡被時間蟲蛀
記憶的經線織進遺忘的緯線
還有什麼信札未寫
什麼符券未兌
全說不準了

菅芒搖曳
天空下一本時間的帳簿
在陰晴不定的窗外
從前與未來的山野
它不由自主地搖曳
搖曳在我紛亂的心頭
寂然的現在

二〇一六年二月

41 . 菅芒搖曳

蓮池肉身

如天鵝的頸子伸出水面
日照的蓮蓬是肉身
水底的蓮藕
也是

蜻蜓頡頏於心頭
預感將至的雨訊
蕈菇野生
在無邊際的黃昏

西天壓低了暗紅帷幕
危顫著
水上最後一枚音律
自一圓寂的靈魂

重生，彷彿是
滅絕的魚龍

二〇一五年七月

螢火

那時我看到的星辰
怎都散落到頭頂上了
一閃一滅像對我訴說
什麼人傳遞的話語

無聲，在野地黑夜
如我不確知為何的追求
不確知為何的閃滅
那時早已在頭上飛旋

一閃一滅的憧憬啊
想去到遠方與誰相會
想吐露一番熾烈的摸索
卻被裝進透明的玻璃瓶裡

誰知瓶中的星辰也會熄滅
像想說而未說的話
想去而未去，想愛而未愛
第二天就死寂了

一閃一滅五十年的
童年螢光
以玻璃瓶盛裝的哀悼啊

此刻我又看到

二〇一七年九月

47．螢火

記憶四首

1

記憶如苔蘚
空山呼喚它鳥鳴
我的時光是一顆孢子
沉睡在中心

任夜霧裹住火焰的玫瑰
細雨淅瀝個不停
妳是我的寓居

在燈光全滅的水岸
小路一條

2

記憶如流水
沖刷水中的石子
我是迴旋的泡沫
生成洄游的魚

夜在水聲中
一個人祕密旅行
越過一座野林
化作山中的雲

妳是原野的星空
隱藏一雙眼
原野是發光的乳房
帶來妳清晨的氣息

3

記憶如沙
滿布秋的傷痕
妳的骨骼如小山
肌膚似河流

牽引眼淚的針腳
攤平時間的皺褶
風吹十年

又一個十年
妳的骨骼如小山
肌膚似河流
記憶如沙
無風也落滿松痕

4

記憶如山門
徘徊於一門二門三門
遙望綠楊陰中
一尼庵
記憶如道場

念完早課念午課念完午課念晚課
傾聽經懺聲中漏出
一聲鐘

風雨大作天地昏黃
紅塵是一塊無邊的濕地
有的東西沉水中
有的東西埋地底

二〇一八年五月

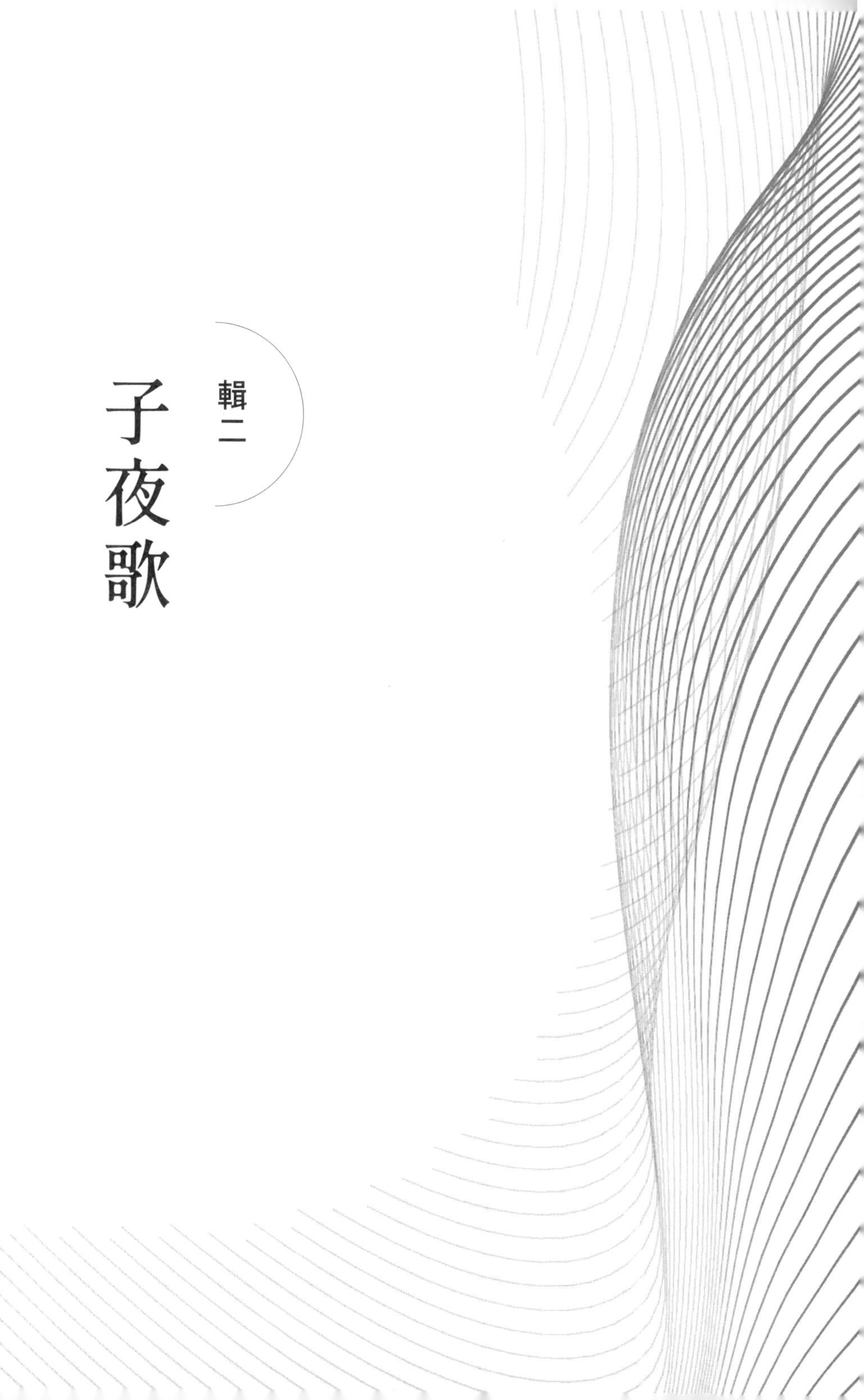

輯二

子夜歌

蝴蝶啊，蝴蝶

我來看妳花開
風和枝條和葉片
和粉嫩的嘴唇
親吻

有根土向上生長的潮濕
有天空覆蓋眉眼的熾熱
沒有暴雨卻沉浸在
暴雨裡

沒有閃電
卻搖撼在閃電裡
我來看妳葉底的羞怯
一件件羽衣是一片片冰肌

呼喚蜜蜂吧否則不能叫春天
脫光衣服吧否則不能叫情人
蝴蝶啊，蝴蝶
蝴蝶啊，蝴蝶

二〇一六年三月

創世之年

我一步步地走
不知去到什麼地方
洪荒創世般
妳踡伏著身子的冰肌
輻輳著波紋的玉骨

天風摩擦未碰觸的唇
星辰旋轉海馬迴的漩渦
山谷深深構設我們未完成的吻

當我青銅向下
而妳鐵紅向上

當岩滴慢慢凝成珠圓
我垂降妳以水貝
以怦然的心搏
遂看見妳臉上的晶花迷亂
裸露的羅盤劇烈搖動

忘記了時間與地點
我攀爬妳構築的地下蜂巢
穿越無人穿越的緯度
任九曲十八彎的洞道引我向妳
向我們的創世之年

二〇一七年九月

木門

輕輕敲叩，剝啄妳厚重的木門
以無聲的語言如霧，行過長廊
在寂靜的天猶未亮的夜裡

敲叩，剝啄，為夢中
我們說好要履行的約定
去到那難以抵達的天地盡頭

暗黑的長廊，我穿越

如推開三千扇門，緜亙
三千年的暗夜

以鬼魅般空空的腳步當風
自窗外欺身，破曉冰涼
惟大理石雕像光滑的胸臀反光

俯瞰洪荒一彎細細的
月色在床，光點不斷被撫觸
被包裹，裸露歡喜與哀愁

彷彿夢中搖擺，又像是時間遞嬗的
上弦月與下弦月交替，持續演練
一些情節，今日復明日

穿越暗黑的長廊，我是霧
而妳厚重的木門彷彿
天地盡頭，無聲，過完此生

二〇一五年十一月

61 . 木門

夜吉他

燈光睏了的深夜
沒有樓層可去的電梯
像永無盡頭的旅次

他從一個港灣來
回去另一個港灣
在旅館和一個旅伴說
明天見

如風追蹤黃葉
一個寂寥的手勢墜落
拍擊長廊的眼神熄滅

只嘆息仍踱步於
港灣之夜所撩撥的
那一把吉他
天還未亮

二〇一三年十一月

蘇珊——春夜，想起 Leonard Cohen

蘇珊帶我去她的山居
山是一座黑屏風
仰看星星全暗了那晚
只有一雙眼睛不停地閃爍

蘇珊帶我去她的河居
陽光平躺在水面
小船上下顛簸著
河流啊流向無盡的遠方

你不可能離去的，她說
身體是一條不馴服的河
白天有雲的手撫弄
夜晚有月光的嘴親吻

你是我冬眠的歌
天上的迴風
我是你春光的夢
地下的激流

二〇二〇年二月

子夜歌

盤旋復盤旋
在我床頭夜霧中
以一雙凝視著我的眼
微張著要說不說話的兩片唇

為何不睡？我問霧中的妳
夜已很深很深，為何
還穿著黑色外出服
佇立在這裡卻不來我夢裡

沒有肌膚的溫度但我感覺鼻息
沒有溫存的氣息但我感覺肌膚
十分靠近那瞬間
妳換穿了絲絨睡衣像明月

換穿了明月像天空
與飄飛的冰雪歡憐
以一具鴿子的身體貼近我心房
一句傳音入密的眼神鑽進我脊骨

長髮是今夜的風啊
吹個不停，終於妳說，睡吧
妳是來自藐姑射之山的

一縷窈窕的煙

二〇一九年十月

69 . 子夜歌

月光下的拉鍊

讓我獨坐碼頭
跟著河水流動的語言想妳
想倒映的星光或燈火
急湍與漩渦

讓我逆流撐篙找妳
一雙沉舟於河灣的眼
一顆火紅如落日
跳動的心

給我地熱噴發前的寧靜
地熱噴發後的孤獨
無數洄游的小魚
被一襲透明的絲綢庇護

且隨心款擺
一支支低昂沉吟的樂曲
一片片隨光起舞的水域
引我去到天空之路

夢想高山洞穴
平原穀倉
閃電，怒瀑啊

森林牝獸溫熱的乳

以象牙白的手指
黎明紅的肌膚，重建我
靈魂的骨格生命的韌帶
創生千萬條意象血脈

不論黑夜白日，前生來世
妳恆是月光下誘人的拉鍊
呼喚我伸手觸摸
呼喚我秋天的裸體

當我獨坐碼頭
彷彿身在遠古激流

不知如何告白心事
以長天的雲絮

二〇一七年十一月

遇見出走的女兒

她是我的女兒
但她出走了
或許是風與夜露
星辰與雲霞的誘惑
河水流淌著，青草蔓生著
我不知如何呼喚她

她是我前生的女兒
在黑夜誕生，日出時遺忘

終於沒有回到我身邊
只留一封信，在古代那座高台
一株落了葉的桑樹下
一匹疲憊的馬跟前

或許時間從未乖離
但長安和台北都沒遇見她
夜空張貼著銀河海報
夢裡預告一場許久許久的舞蹈
出走的女兒，是不是早從
前生又去到了來世

此刻她正在做什麼
當雨水降下，池塘假裝睡著

天空飛過翅翼濕透的白鳥
遠山站著一根根骨頭樣的枯木
走在不知名的路上，她是不是
聽到了我遙遠的呼喚

二〇一九年十二月

77 .遇見出走的女兒

春天露台

因未交談而想像她是
個性不同的美婦
素顏倚立在露台

若人經過庭院
與她風中點頭
沒人聽得見她的低語

只當長夜過盡天亮時

看見半乾的水痕在地
難以分辨是霧露
或恍神的心思

直到小雪剝光冬的舊衣
因娉婷而情熱
在意想不到的時刻
她張開迷濛的眼

像春水搖晃
以一朵朵粉色含苞的花
與我相遇

二〇一六年五月

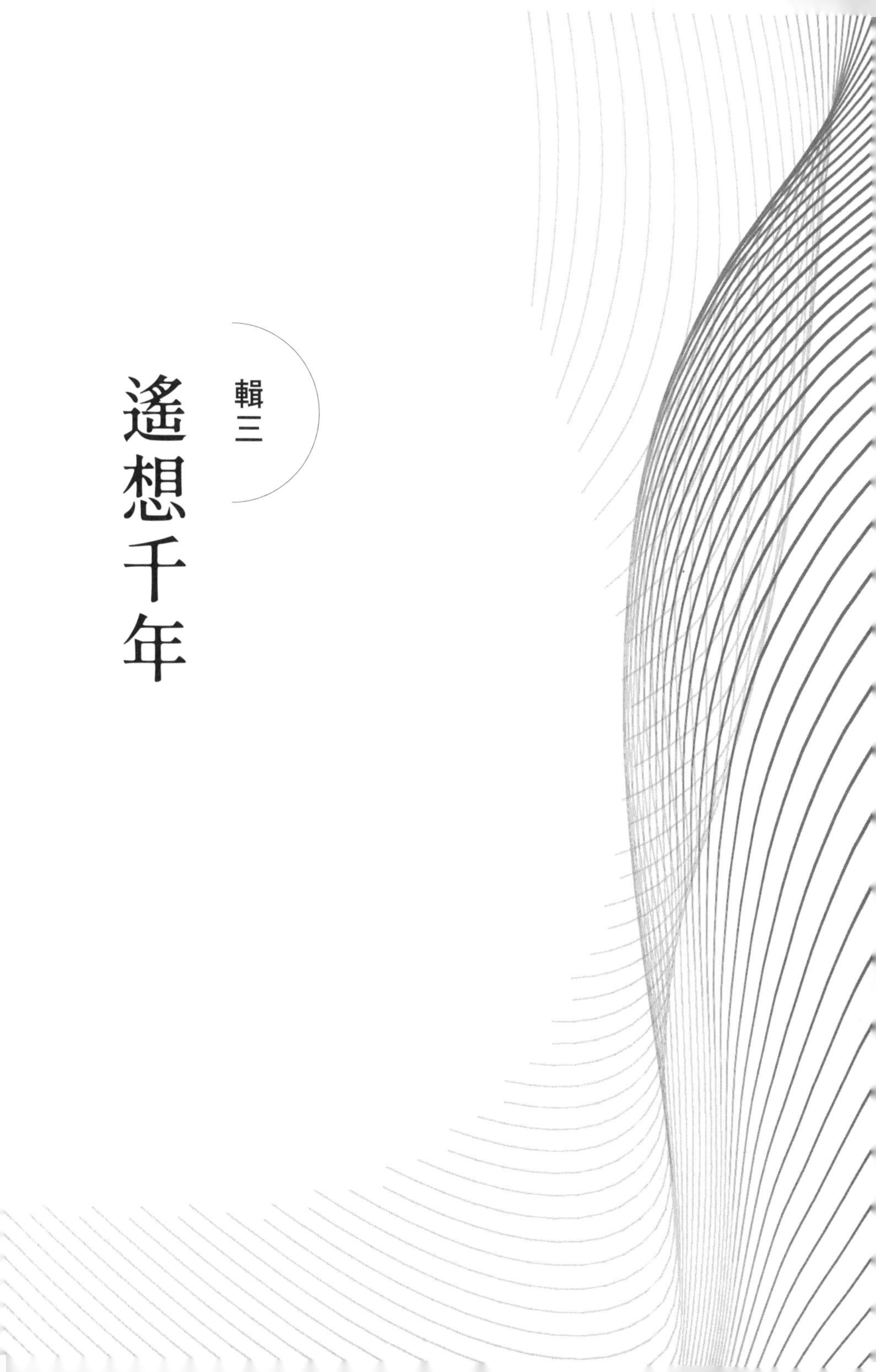

輯三

遙想千年

孃娜——許仙獨白

重來水岸已事過千年
心情像雨滴
不知如何
收拾

如何找回那把傘的記憶
我那孃娜如風的杭州娘子啊
她只留給我
一座西湖

相逢都因雨下個不停
人說，我被色身迷了心膽
我說，山水大發之時
注定有貪玩的雲雨

若說誘惑因為脆弱
人蛇的恐懼又為了什麼
若說動情因為春心
夫妻的拆離又為了什麼

千年過去還有一千年
西湖入夜是隻無語的藍貓
入冬是片流浪的雪床

我的娘子是命運與愛的隱喻
都因雨下個不停
她遂以鼻息愉悅了我的孤單
以身體憐憫了我的焦慮
讓我忘記男人先天的猶疑

忘記人間還有律法編織的
一條偏執的韁繩
辜負芙蓉倒映的天空
多情，只讓湖水晃漾個不停

重來水岸我羞看尖塔
佇立花間沒有藏身之處

那叫波光的胴體瀲灩的西湖
金絲萬縷啊孃娜如隨風

二〇一七年八月

迷路——寄玉真公主

今古一相接，長歌懷舊遊。
——李白

妳隨秋風來
白馬在月下不停奔馳
風在林梢彈著琴
一縷縷，一絲絲
如曲折的道路飄忽的雲煙
未乾的露珠沾在草上

未滅的星芒掛在天上
妳隨秋風來像別枝的落葉
迴旋，飄墜
踩踏今夜零亂的節拍

我是什麼時候走的妳是什麼時候來的
已經過了千年
我還是妳癡心等待的夜雨嗎
已經過了千年
我還是妳不忍遺忘的燈魂嗎

白馬總是不停奔馳啊，暗中呼喚
讓我為妳採藥在雲深的小徑
讓我為妳煉丹在彩虹的橋頭

為妳，像秋蟬隱遁地底
像春燕巢泥一棟新的家屋

然而時間已晚了
山門已關閉
丹池只氤氳一團青夢
月色只搖曳滿山的亂髮
空空的叩門聲響是誰在秋風裡

是誰說過，鸞與鸞本該同枝
然而星空之外不再有星空
長松之下不再有簟蓆
只有人所不知的傳說在傳說
繚繞妳最終住過的山房

妳是什麼時候來的我是什麼時候走的
華年已如懸崖滾落的石子
思念仍是一無底的深谷
今夜，我遙憶千年的敬亭山
憂傷彷彿昨日

二〇一四年四月

詩經流域

我聽見女子的泣訴
像風吹進竹林削薄竹葉
四處尋找發燙的耳朵
眼淚結冰的冬天
她哭戰爭的絕望
黃鶯啼鳴的原野
她哭春天的迷惘

日照下那女子

像河邊的蘆葦林中的葛藤
與季節一同呼吸
翻過山岡
牽掛是懸崖上的一條葛藤
跨越棧橋
悲傷是溪流中的一根蘆葦

一日不見，如三月兮
一日不見，如三秋兮
一日不見，如三歲兮

你問我往哪裡去
風在城門樓上來來回回
有人採荇有人採薇

在愛與被愛的地方
小草撫觸肌膚般的土壤
我的情人與我相會
又與我相別

你問我何時歸來
兵士不再群聚干戈
絲綢不再片片撕裂
有人蠶桑有人浣衣
星光交擊晨光的音符
我的情人啊天黑與我共眠
天亮為我相思

二〇一七年五月

尋淵明

傳說他裹了頭巾
拄了手杖，越過一片野林
不知去到哪一個鄰家
有人撥開長草跨越桑麻
聽到狗吠雞鳴，看到榆槐桃李
卻找不到他虛掩的那扇門

遇見採薪的問
從前，他是住柴桑

大火燒了屋，現已搬去南村
遇見打漁的問
他酒藏詩書中，命藏琴弦裡
泛舟在平湖划槳在清溪

傳說他種過柳，修過籬
戴了冠冕穿了官袍
為釀酒，一心要種秫稻
巴望穀熟，卻不願為迎迓而折腰
秋來一片落葉飄下庭階
是他說不出口的那句話

服食沾了露水的菊花
一抬頭就看見時常相看的南山

近處有人語，遠處有風煙
更遠是隱隱的殺伐啊爭戰在翻騰
昏黃的天瀰漫無邊際的紅光
照映人心扭曲的溝壑

傳說他夢見一條無人知的河
沒有人跡，不知源自何處
彷彿是一處尚未呱啼的地方
或者竟是他中夜徘徊惆悵的所在
一千重山在霧裡放光
一萬棵樹開滿了桃花

我極目眺望不知名的遠處
孤鷹厲響在天空

一棵老松學他彎腰耕種
是貧士，曾乞食，終是讀書人啊
在動亂的時代我稱他安那其
一個無政府主義者

唉，在現代，不知誰能
與他談話為他斟酒
去哪裡找捕魚的武陵人
去哪裡找採藥的劉子驥
太元年間的桃源村早已消失千百年
這世上還有誰是問津的人

二〇一四年十一月

故人蘇東坡

水波因風吹而蒼茫
有船飄盪在江上
有人獨立在船頭
他的身影如青山低昂
我在下游的渡頭遠望

他是誰
不管岸邊桃花如何譁笑
溪柳如何招搖

江水傳送他的長嘯
在一個又一個吞火暗夜
他是天空
是孤單的長嘯

當一隻鶴掠江而過
一隻金雞化身啼明進入他身體
他是誰
風，我感覺是無形的風
航行千年不登岸
在日中歌唱，月下沉吟
在江心不折腰
他，挺直了全身

抵抗黑雲，抵抗暗礁
更抵抗眼中人淋著雨的
那雙眼

一心巴望著太陽
也一心渴念著月光
但湖州卻充斥著歧路
黃州拍打著驚濤
儋州，不敢回頭
回頭只剩一縷斜陽

沒有風雨沒有雞啼
今夜，不知何時天亮
他的身影倒映在水面

一顆白頭兀立在天邊
像歸來的鶴，在時間的高岡

儘管渡頭的燈火閃亮
光明並未張開翅膀
這世界仍沉睡著，布滿重重黑幕
何處是詩人的家啊我在夢裡
驚問：為何相逢總在
黨爭的時代

二〇一八年十月

永嘉訪靈運

那水色，是垂柳遮不住扁舟載不走的
那柑香，是雨水洗不去蜜蜂吸不盡的

登上山頭，頂上的石塔空空不見人
藍天總以為是太平盛世

行至山後，石階下傳來一片喧譁
風吹過誤認為一群山賊

古牆上的青苔不見任何可辨識的線索
塔簷的風鈴間歇發出無人懂的聲響

江邊斷槳棄置擱淺的竹筏
薄霧陪伴一棵橫倒的老樹奮力生長

我想著池塘生春草，園柳變鳴禽的詩句
全世界的都市入夜變成了他說的金礨

船行水上，一籃子金黃甌柑都剝皮入了肚
也沒聽人談什麼謝客而只爭說著政客

•二〇一六年四月參加溫州詩會，游觀謝靈運山水，同行有詩人王家新、池凌雲、顧彬等。

二〇一六年八月

謝靈運棄市

天黑了
新月勾描一個人影
頭戴曲柄笠，腳踏謝公屐
隱約的微光照他五尺長的黑髯
飄飛著，在風中拖曳

手持的竹杖彷彿不辨方向
只隨山霧緩緩移動
天黑了，依然有

登不完的高巖
跨不盡的密林

溪流看似靜止仍有音聲宛轉
山野看似無路仍有薄霧通行
不改尋幽舊習的他
失去生前從行的人
已成一孤獨的傷心鬼

傳說他曾回返故鄉
且在故鄉的山水裡築了新居
比起池上樓如何，有人問
比起始寧別墅呢
用靈魂精氣蓋的那幢樓

傳說外牆布滿巴洛克花紋
對稱的內室，其一為經史
其一為諸子，其一為佛典
還有一間密室以詩三百做地磚
以楚辭為天花板

傳說一樓備置有皋蘭美食
二樓常聞羅襦飄香
三樓任人弈棋彈古琴
四樓是他作詩讀書
傲嘯的地方

山風時時為他撫心

幽篁日日為他調弦
終不能拯救他的鬱悶憂憤
沒有做成人間神仙
只做了山鬼

從行的人都到哪裡去了
摘掉峨冠的他驚問
此刻一個人，寄養於客途
霧裡山裡夢裡詩裡
尚不知何處是歸宿

・謝靈運（三八五—四三三），山水詩宗，幼時寄養於錢塘道師家中，故有「客兒」之名，文學史亦稱他「謝客」；性情狂放，行事驕縱，仕途失意而寄情於山水，後遭流放，以謀叛罪棄市廣州。

二〇一六年七月

帶著楚國流亡

帶著楚國流亡
他告別了國都，告別故里
以一雙耿耿不寐的眼睛
一縷煢煢不安的靈魂
放不下百姓震動的哀痛
放不下道途荒忽的憂愁
身體已走到郊野
眼光仍定著在城門樓
小船已駛入波濤

心思仍繫在君王身上

（長太息以掩涕兮，哀民生之多艱；
怨靈脩之浩蕩兮，終不察夫民心。）

循著滄浪之水下游
清洗帽纓的人竟不洗泥汙的腳
循著滄浪之水上溯
拋棄冠戴的他堅持潔淨自己的臉
帶著楚國流亡，浮雲
已碎成殘破的蛛網
他不知昨日的昨日身在湘江或是長江
明日的明日飄向溆浦還是辰陽
不知黑夜的古墓是誰的祖先

閃爍的燐火是誰的魂魄
（悔相道之不察兮，延佇乎吾將反；
進不入以離尤兮，退將復修吾初服。）

雷電在空中劃開一條激切的路
戈矛刺穿千萬人的嚎哭
帶著楚國流亡，而楚國
江湖已渾濛成霧
南北也已錯置成東西
只有日月不停傳遞著消息
兩千三百年後引我
跨越離騷詩行，前往
他投江的地方，聽編鐘

敲擊鳳凰的哀鳴

（朝發軔於蒼梧兮，夕余至乎縣圃；
欲少留此靈瑣兮，日忽忽其將暮。）

飛蛇遊走在山巖我遙看
一條棧道隱約入青林
瀑布搖光在懸崖原來是
一掛藤蔓映照著白光
輕煙上升峰頂，盤繞金色的丹栗
輕煙下降深谷，凝結水晶的春露
招魂的歌聲迴盪又迴盪
嘿——吼—喔，嘿——后—喔
彷彿伸展颺風翅翼的神鳥

噴吐洪流的蛟龍

（蘭芷變而不芳兮，荃蕙化而為茅。
何昔日之芳草兮，今直為此蕭艾也。）

沿著離騷詩行
渡過峽灘的他回望秭歸
行過平原的他回望江陵
登上崑崙的他扣擊天門
以一雙耿耿不寐的眼睛張望
哪一株蘭草可能遇見左徒
哪一陣飄風可能吹向三閭
太陽自東月亮自西虹霓自南列星自北
他在赤水流沙中奔馳啊奔馳

心頭總垂掛一個沉沉昏昧的楚國
（已矣哉！國無人莫我知兮，又何懷乎故都？
既莫足與為美政兮，吾將從彭咸之所居。）

誰能看清他的形象聽懂他的聲音
千年的時光像大氣鋪展成原野
千年的憂思像歌聲消融成血液
從前的屈原去了哪裡
後來的屈原身在何處
兩千三百年直到現在
化身千萬的他，仍在流亡的路途
日復一日地呼喚
魂兮歸來！忠貞受難的人

魂兮歸來！發憤抒情的人

二〇一六年四月

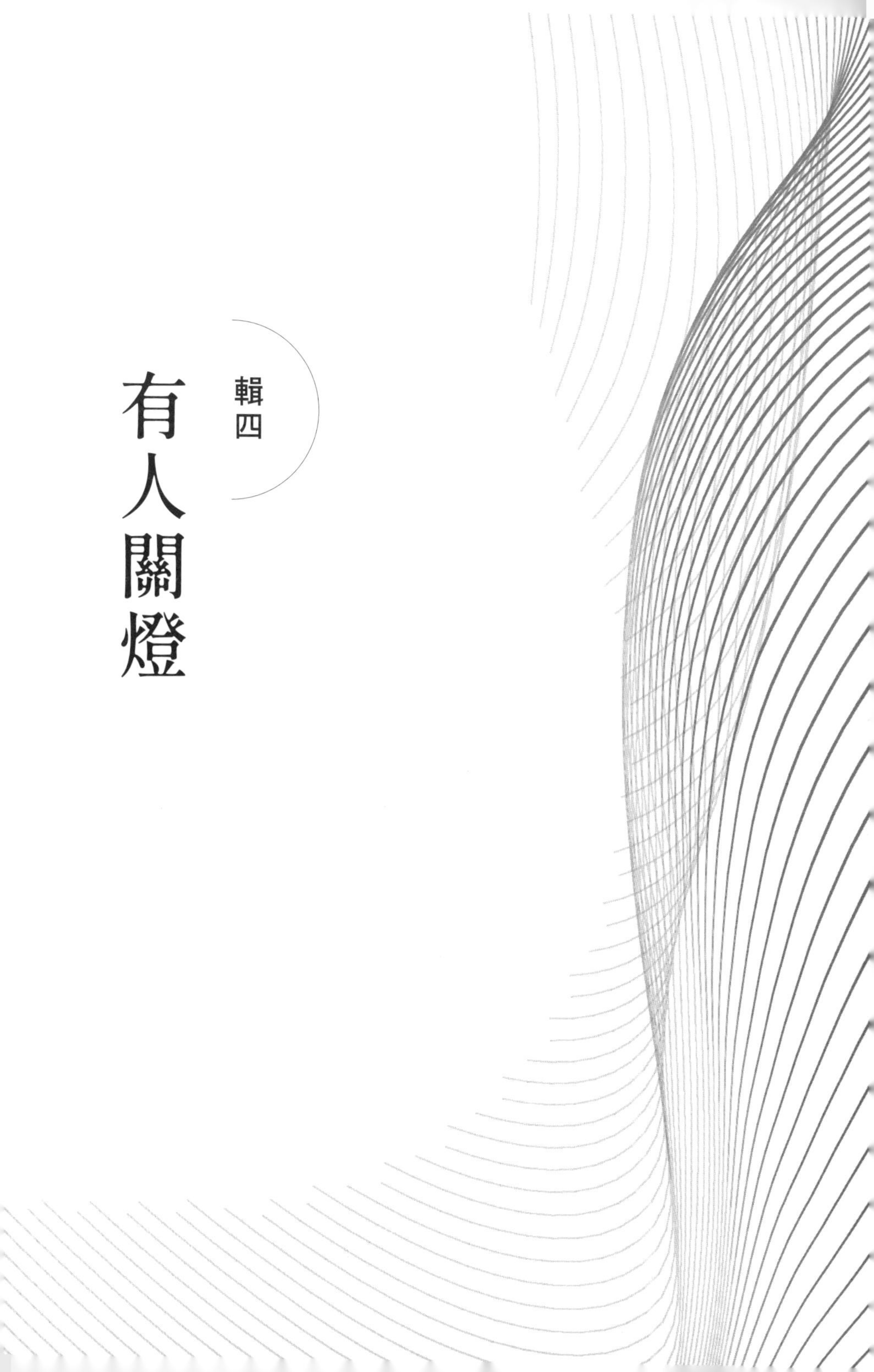

輯四

有人關燈

有人在嗎——台南震災最後的搜救

有人在嗎
救命的呼聲深入心底來自地底
有人在嗎
不知今夜還能鑿開多少斷壁讓多少家人團圓
有人在嗎
不管有路沒路搜救的隊伍仍要垂降進入

有人聽到聲音嗎
來，洞請再挖大一點

有人聽到聲音嗎
撐住，請再撐一會兒
有人聽到聲音嗎
放輕鬆，搬開這塊石頭就出來了

不知其他的人在哪裡
生命探測儀沒有訊號電子偵蒐球空有一雙不閉的眼
不知其他的聲音在哪裡
鋼筋水泥柱重壓著熱能感應儀等不到最後的心跳
有人在嗎？聽到聲音的請回應
瓦礫堆中露出一雙黑灰的腳丫子彷彿抖了抖……

橫倒的冰箱，在廚房
貼箱的紙條說小寶你最好多愛我一點

墜地的結婚照，在臥室
鏡框摔裂了一對新人仍笑著
垮爛的沙發，在客廳
椅墊作噩夢一般地扭曲著

有人在嗎？活著的魂魄啊請醒來
已經二十四小時，黑心的建築商人不可以付託
有人在嗎？死去的魂魄啊請安息
已經四十八小時，倒塌的大樓不可以久留
有人在嗎？苦候的生者啊莫要痛哭
七十二小時過去，魂魄歸來依舊是家人

二〇一六年二月

流人——回顧一九五九那場水災

連夜的大雨
殺光全村的雄雞
聽不到任何一聲雞啼
天色也傻愣地忘了透光
惟見天火，鞭擊著一扇扇窗玻璃

右手披掛悶雷我在夢裡尿急
左手披掛電光我裸露身體
偽裝成人形的鬼魅一次次

欺身向河堤，用滾動的
雷刀鑿出缺口

黎明微吐時大水突來
回身奔跑，我腳擋不住激流
回身呼喊，我嘴摀不住驚雷
醒在夢中的我急速下沉
仰看破堤把水引上了天

神祇已漂離祂棄守的家
雞鴨飛上樹梢，豬狗沉入河底
水行五百里化成流沙
剩三兩停泊的舢舨像墳塚
是尚未坍塌的瓦房

三日後大水退去，三日後瘟疫又來
趁夜我回到漫汗的夢裡尋找
沉埋淤泥的大缸，涉身
死海般堆積腐葉的木痲黃森林
聽風濤在四野低吼

低吼日，低吼夜
低吼著生者也低吼著死者
然而戰鬥的年代畢竟過去了
橫溢的河流漸漸就序
雄雞開始啼明

二〇一五年九月

有人關燈

——對弈時
有人把燈關了
燈再亮起車馬不見
棋盤的道路堵死
僵持的棋子退走
換上拐腳馬擋路

——對弈時
有人驅使兵卒偷營

派遣空心砲叫陣
讓蒙面的將帥
躲在士象護衛的
鐵絲網裡

不知天亮前
還有什麼棋可走
還有什麼棋敢動
把燈關掉的對弈
眼睛是不可能盯緊的
輸贏都抓瞎

不如趁亂調動棋路
拿出暗中埋伏的電筒

有人搶先下一手布局
——黑暗對弈
這時一方喊開燈
另一方迅疾掀翻了棋盤

二〇一八年十一月初稿，二〇一九年八月改訂

127 . 有人關燈

回鄉
——九二一地震二十週年

無數個白日我望著遠山
不是山的這一邊是山的那一邊
無數個黑夜我望著夜空
期望星辰收容我在他的光中

讓我俯瞰星星俯瞰的故鄉
讓我傾聽故鄉傾聽的溪水
讓樟樹的新葉預告又一個春天
年輕的鄉人懷抱新生的嬰兒

有時雲遮蔽了天上的月亮
月亮依舊在我心頭放光
有時霧遮蔽了瞭望的家山
風就在我心頭不斷呼嘯

我問自己什麼是故鄉的同義字
母親，擁我入眠的青梅酒釀
小屋，隔離風雨的燈燭襁褓
還有學校的鐘聲，路邊的鼠麴草

群鳥在早晨的天上飛
芒草在黃昏的風中搖
走在滿山的茶園空氣飄著香

回頭會不會遇見熟悉的陌生人
夢想自己站在歡愁的鐵道旁
追逐汽笛啟動的老火車
喘氣地奔跑奔跑……拍打著
童年的家門

——回家啊，在綠色的春天
為了追求世界我離去
——回家啊，在金色的秋天
為了擁有世界我歸來

二〇一九年六月

山林之心

生活隔絕了居住
但未曾一刻遺忘生養的
土地，家鄉的記憶
在霧裡

教我歌唱的鼻笛，繚繞雲中
教我飛翔的老鷹，徘徊彩虹
教我奔跑的花鹿奔跑在
時間的遠方

一個藤籃以幾何圖形
述說兩頭蛇的故事
一隻陶甕以封藏的月光
描繪巫師出走的日子

山脈，用貞烈來祭拜
風嚎，用祖靈來流傳
一顆心，讓它像白鐵穗片那樣
掛在石板屋簷下

叮叮的撞擊代替
青銅刀的出鞘。那時
雲豹還未變成一張毛皮

石礫仍發出熱騰騰骨骼的呼吸

閃電刺穿鏤空的頭顱
血液揚起海浪般的悲傷
那時，山林仍是堅挺的乳房
山泉仍是散落的衣裳

直到火藥筒變成占卜箱
占卜落滿秋天的森林
一連串語言的消亡
等待淚水的曙光

目送我孤獨的風
硃紅肩袋扛起竹製的老弓

目送我孤獨的雨
麻衣針腳追蹤紋面的古道

不該典當的居住不該遺忘的生活
錘擊著我，教我
像黎明決死的勇士
星空下紛飛的松葉的靈魂

二〇一八年一月

論雞性

——風雨如晦，雞鳴不已？

你以為天亮雞會叫？
天黑更見得雞性。
不是夜晚的天黑，是糊成一片的白黑。

你以為天下的雞都憂風雨？
現世的雞更憂前途。
不擔心風雨引吭，而擔心無人使喚。

原本黑白分明的蘆花雞，啞了嗓，
前些年還血氣方剛的洛島紅，患了失憶症，
頂著大屁股的九斤黃，不用說他，
他自請關進籠子裡養……

大夥兒熱中標榜的走地雞呢，
因近親配種而體格愈加羸弱，
有的脫了毛，赤紅著身子亂跑，
有的做了閹雞，當然是不叫的了。

有一外地人路過，
勘驗風水，考察民情，
證實這裡遭逢史上最慘烈的雞瘟。

二〇一八年七月

颱風嘴——二〇一八悼一位駐日外交官

颱風走了他才死
五百公里外的人沒事
一千八百公里外的人也是

像颱風一樣的颱風嘴
像颱風一樣的颱風腿
讓一個人黯然的是什麼風
被覆蓋的死是什麼樣的死

他打電話頂住風
電話出不去一通又一通
但聽一千八百公里外
有隆隆的悶雷
霹啪轟響

在密閉的斗室在雨夜
他獨自寫下最後一封信
任天外的雨
無所憑依地翻飛

二〇一八年九月

二〇二〇，看不見的東西

要用什麼驅趕
驅趕那
看不見的東西
當風聲響起
悶雷在不名的地方斷續
看不見的帶有血腥的氣息
看不見的沾染死亡的腐味
恐懼是一聲悶雷
遮住你我的口鼻

但遮不住眼底

要用什麼消除
消除那看不見的東西
孤島在黑暗中無謂地漂流
躲得了看得見的人
但躲不掉到處
看不見的病毒
謠言來自一個個密閉空間
封城的人搶水又搶糧
倒下的人宣告他的
肺被掏空

風聲傳遞著瘟疫

也傳來了歌聲
"We Are the World"
從前為饑荒的非洲演唱
而今為看不到盡頭的濃濃的霧

不管什麼膚色什麼國籍
熱血大聲地抗議
"Do not go gentle into that good night"
黎明對臨終者大聲嚎啕
黃昏對染病者切切呼喚

切莫溫馴地步入良夜
一股洪流在鼻腔共鳴
儘管高燒長駐停屍間

人間的口鼻全戴了口罩
儘管看不見的東西藏身窒息的甬道
但只要有人能呼吸
或圓或尖的嗓子像宏鐘
讓一支歌在天邊
一首詩在心頭

二〇二〇年四月初稿，六月改訂

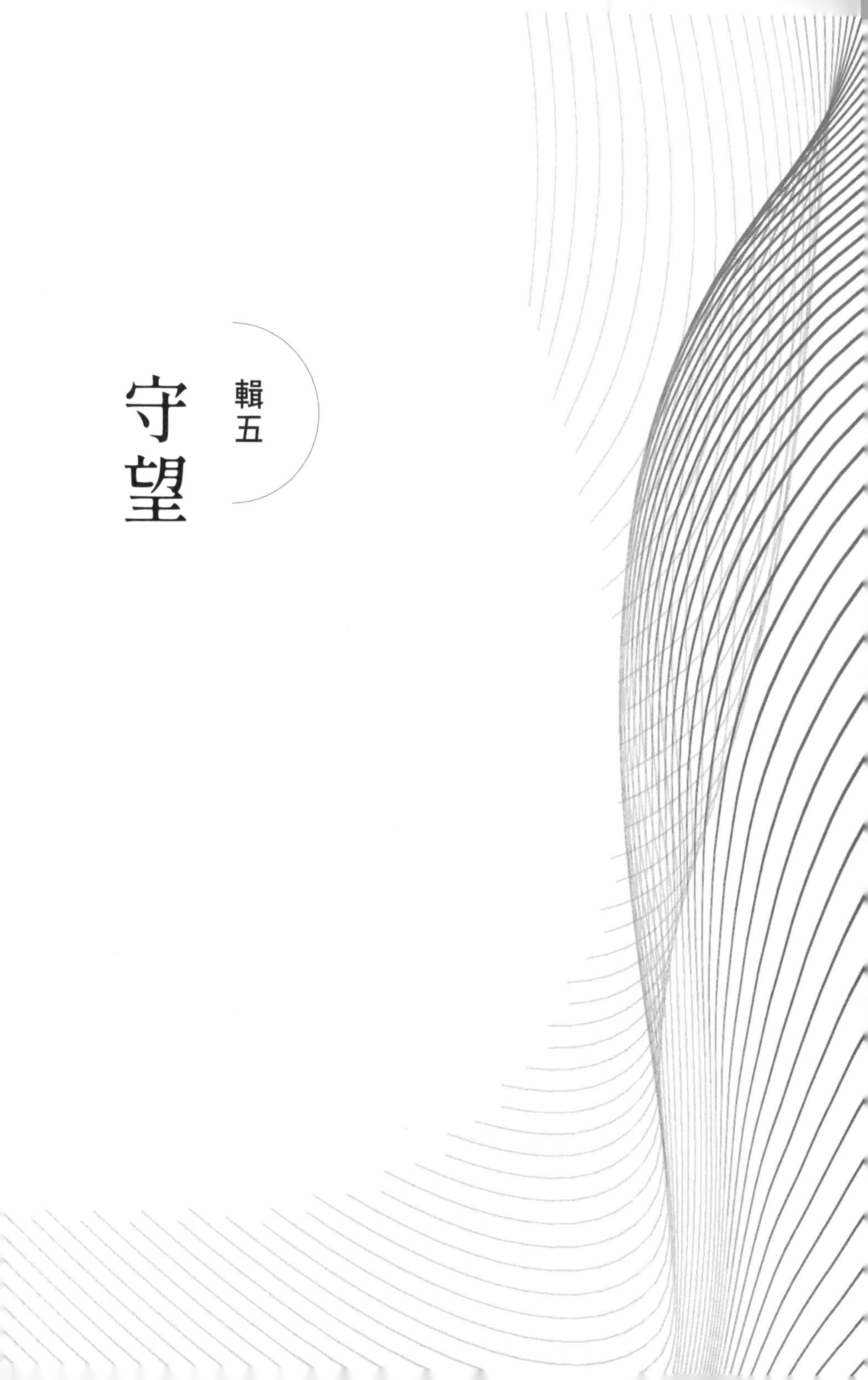

輯五
守望

讓茶樹繼續等待

石壁是鼓
落葉是鐃鈸
行人佇停半山腰
傾聽流水的
提琴音

問嬉戲的雲霧
崎嶇的山路
藍山似近實不近

綠山一座座
橫臥在眼前

問遠處的人影
風說不如問竹林
問抄來的地址
雨說不如問瀑布
最終要問誰

鳥啼殷勤
那人野放在山裡
彷彿茶樹散步
一幢小木屋
叢林半遮掩

綠隨山勢高低
狗吠聲起
細雨中他搖搖頭
沒有茶賣
讓茶樹繼續等待

二〇一六年九月

金色的雕塑——玉山金絲桃

穿過陌生雲霧
我是天空降下的雨滴
高山的美麗陽性的空虛
降落在野山羊發情的
針林岩屑地

以花絲花柱
生殖的圖騰招搖
向藍天陽光的住所

跟著黑熊排遺，蒴果攜帶
未命名的家譜

穿過陌生雲霧
我是盛夏金色的雕塑
遊走在神話裸露的高冷地
像祖靈石碑燙金的字
夜空閃亮的星

以陽性的腺體不安
找尋疾風披過的花豹皮
俯瞰人間複雜的病
險惡的病，找尋醫治我
深陷於你的病

二〇一七年十一月

老街

陽光白花花耀眼
牽拖電杆高空交織的纜線
懷著海村繁華的夢
我獨自遠來，跨出汽車
踽踽在太陽下

從街頭到街尾
風調雨順，張掛一串紅燈籠
永康四海，奉祀媽祖朝元宮

金爐飄起淡淡的青煙
牆邊斜靠打盹的老人

制服專賣店關著
不孕症中醫診所的門還開著
油漆剝落的挽面店關著
晾掛白毛巾的理髮店還開著
拉機歐傳出斷續沙啞的歌聲

像一個氣弱老人尋不到家門
空蕩蕩的這條街，老去多年
仍夢著檣帆遠航的日子
小樓初落成鑲嵌上
穎川衍派的喜氣……

陽光白花花搶奪
柑仔店傾斜的黯影
我望著軟枝黃蟬與大腸麵線的招牌比高
感覺不到一絲絲風。或許要等黑夜
洶湧的腳步才會從海上奔來

二〇一六年九月

炊煙三題

簷

雨水的腳步在頭上輕輕踩著：
睡吧，睡吧
庭前的水滴在夢裡呼喚：
醒來，醒來

灶

把草的頭髮放進去

把樹的手臂放進去
歲月，是灰燼
放出煙的脾氣
火的骨氣

棧

畫兩根柱子一截橫木
旅人被拋進夢的墓穴
畫一條懸空小路
遠方被預告
但時間還未到盡頭

二〇一六年十二月

芳菲——給陳怡蓁

二十年，深情
如蝴蝶飛舞
以一雙複眼回望二千年
聽水畔暗夜傳來幽幽嘆息
想旱魃災荒如何源起
煙霧迷離，如何吹渡
豐饒的土地

遙望歷史的長河

為一個桃花夾岸的夢
為無數從前此後的二十年
呼喚春風，呼喚春雨
解釋詩的端倪
以零露，以清揚
以格律，以意象

二十年讓心歌唱
更有青草的香，到處追蹤
看大鵬天空奮飛
孤鴻泥上掠影
也看江邊的沙鷗徘徊
一縷縷水紋盪漾
不期然就化成驚心的波濤

二十年芳菲
不只是一個語詞
是一棵搖曳的花樹
在四言的田園，五言的山野
鷓鴣迎來了如花美眷
有人煽火煮茶
懷抱著琵琶
光的萬種回聲在雲端潑剌

纏綿如蛇
當我從秋天的書頁中抬頭
窗外的閃電傳遞歡會的神采
我知道，是什麼東西照亮

一生中的每一個二十年
一年中的每一個晨昏
照亮我們尚未完成的守望

・趨勢基金會創設二十年，經營文學劇場，已演出劇目：《東坡在路上》、《杜甫夢李白》、《尋訪陶淵明》、《屈原遠遊中》、《采采詩經》、《東坡在台灣》，及《大風起兮》……

二〇二〇年七月

書桌——重讀瘂弦

我看見一張書桌
在無以名之的光中
有一聲音，自光的背後說
天雨，起草心的詔書
天晴，強風居住在
廣漠的天空

任一枝筆穿行
尋找尚未命名的字

當火炬在體內，遠星在頭頂
一朵木蘭的花香正漂浮
千萬個字飛舞
簇擁一個名登陸

從南北笛到藍星
從文學雜誌到筆滙
今夜我又夢見，詩神開啟的
創世紀引我走向
風聲，水聲，雷聲
一縷綿綿不絕的歌聲

回返身體的修煉場
我又坐在那張桌前，遙看

他生火發動引擎的列車
把月台上的人全都載上
汽笛為廣漠的天空
築了一個深淵般的窠巢

二〇一五年六月

你住紅樹林

你說你住紅樹林
海與河交會
潮與浪交替
白天過去是黑夜

芒花與芒花山坡飛舞
雜草與雜草路邊怒生
鵪鶉與鵪鶉叫著
藏不住身也藏不住心

你說你住紅樹林
早晚都是白霧
關起窗子是小屋
打開小屋是迎風的路

沒人來訪也沒人經過
黃昏的紅樹林
不想遇見誰
也從沒遇見誰

二〇一七年十月

丹藥引——心道師父贈藥

六朝的時候我自囚於
一座山崖柴房
以身體煉丹
對抗汙濁的亂世
心似火燎
胸氣翻湧如鍋蓋
日夜撲騰

無數個年代逝去

同一座山崖我又來到
以知識煉丹
介入紅塵惡緣
奔馳於無明的競技場
五臟滯悶如黑屋
胸氣斷續成蛛絲

師父憐我累世的
業障難除
賜我丹丸二粒淨水一瓶
三昧妙法如經輪
引我斷情斷識斷癡迷
安坐蓮台下
終於望見大海

二〇二〇年二月

僧衣

縫一件僧衣給老農
縫一件僧衣給頑童
縫一件僧衣給村婦
縫一件僧衣給浪子

年幼的他一步步離了家
在經書的紋路尋找
另一雙手另一雙眼
另一顆頭顱另一座乾坤

用千萬個心跳一針針
縫補無形的僧衣
給瞋恨的人
貪得的人
癡昧的人
數不盡憂愁的人

十方行走他把十方的
自己也縫成了僧衣
縫成一卷肉身的教義
把人間的顛倒縫進
壞空的皺摺

時候到了。他盤腿坐入陶缸
以琉璃的肌膚照明
用垂長的鬚髮指點
把一生縫製的僧衣齊齊掛在
彌勒舍利的內院

二〇一五年七月

173 . 僧衣

【本集詩作初刊索引】

篇名	原載刊物及日期	
二〇一四年		
三十三間堂	《皇冠雜誌》七二〇期	二〇一四年二月
迷路——寄玉真公主	《聯合報》副刊	二〇一四年四月十五日
最遠——致春天	《聯合報》副刊	二〇一四年六月廿日
尋淵明	《聯合報》副刊	二〇一四年十一月廿四日
二〇一五年		
迷轂	《吹鼓吹詩論壇》二十一期	二〇一五年六月

書桌——重讀瘂弦	《聯合報》副刊	二〇一五年六月廿三日
僧衣	《聯合報》副刊	二〇一五年八月十三日
木門	《聯合報》副刊	二〇一五年十二月八日
歌哭	《吹鼓吹詩論壇》二十三期	二〇一五年十二月
流人——回顧一九五九那場水災	《香港文學》三七二期	二〇一五年十二月

二〇一六年

有人在嗎——台南震災最後的搜救	《聯合報》副刊	二〇一六年二月廿五日
菅芒搖曳	《自由時報》副刊	二〇一六年二月廿九日
帶著楚國流亡	《聯合報》副刊	二〇一六年四月廿五日
蝴蝶啊，蝴蝶	《吹鼓吹詩論壇》二十五期	二〇一六年六月

謝靈運棄市　《聯合報》副刊　二〇一六年八月十七日
老街　《聯合報》副刊　二〇一六年十月十日
永嘉訪靈運　《吹鼓吹詩論壇》二十七期　二〇一六年十二月

二〇一七年

讓茶樹繼續等待　《聯合報》副刊　二〇一七年一月廿四日
詩經流域　《聯合報》副刊　二〇一七年六月七日
孃娜——許仙獨白　《鏡周刊》　二〇一七年十月十六日
炊煙三題　《沉舟記》（夏夏主編，南方家園）　二〇一七年十月
金色的雕塑——玉山金絲桃　《聯合報》副刊　二〇一七年十二月五日

二〇一八年

山林之心　《聯合報》副刊　二〇一八年一月十二日

記憶四首　《聯合報》副刊　二〇一八年七月一日

故人蘇東坡　《聯合報》副刊　二〇一八年十一月十一日

二〇一九年

創世之年　《兩岸詩》第四期　二〇一九年七月

螢火　《兩岸詩》第四期　二〇一九年七月

你住紅樹林　《兩岸詩》第四期　二〇一九年七月

春天露台　《兩岸詩》第四期　二〇一九年七月

蓮池肉身　《兩岸詩》第四期　二〇一九年七月

有人關燈　《聯合報》副刊　二〇一九年八月廿三日

回鄉——九二一地震二十週年　《聯合報》副刊　二〇一九年九月廿日

颱風嘴——二〇一八悼一位駐日外交官　《秋水詩刊》一八一期　二〇一九年十月

子夜歌	《聯合報》副刊	二〇一九年十月廿九日
遇見出走的女兒	《聯合報》副刊	二〇一九年十二月廿七日

二〇二〇年

蘇珊——春夜，想起Leonard Cohen	《聯合報》副刊	二〇二〇年三月十六日
丹藥引——心道師父贈藥	《自由時報》副刊	二〇二〇年三月十八日
二〇二〇，看不見的東西	《自由時報》副刊	二〇二〇年六月廿二日
芳菲——給陳怡蓁	《聯合報》副刊	二〇二〇年八月廿五日
夜吉他	《自由時報》副刊	二〇二〇年十月七日
背影	《自由時報》副刊	二〇二〇年十月七日
月光下的拉鍊	《聯合報》副刊	二〇二〇年十月七日
論雞性	《聯合報》副刊	二〇二〇年十月十九日
斜坡	《中國時報》人間副刊	二〇二〇年十一月二日

【附錄】

論陳義芝的詩

鄭慧如

戰後嬰兒潮世代詩人中，陳義芝以敏銳而穩重的感性、飽滿而成熟的韻律、精緻的修辭與果決的思考，流連於外象和心境之間，氣氛瀰漫，情思綿邈，題材既能呼應潮流，又能不落窠臼。

陳義芝的詩，在台灣現代詩史中，有四個重點：

一、音樂性

音樂性是陳義芝詩一貫而顯豁的特質。他經常在意象表演最恰當的時候詠歎或押韻，避開了重複而可能導致的閱讀疲乏。如名作〈燈下削筆〉前兩節，因局部用韻和詠歎，句子念完就有直接的吸引與撞擊。首節第一、三句押尾韻，且均四字成句，二、四句較長而不押韻，句子一短一長，跌宕生姿。第二節猶如說話，句子長度較整齊，轉第一節的參差句式為緩和的語氣，牽引出燈下默默的削筆人。

二、抒情

抒情連結中國古典文學傳統，是陳義芝詩的一襲「華美的袍子」。當戰後嬰兒潮世代詩人因應潮流，紛紛投入「多媒體」、「輕薄短小」等形式或內容時，陳義芝盱衡時勢、調整腳步，始終堅持講究抒情韻致、汲取傳統養料的文字鍛鍊。他以意念的感官化，而非感覺的觀念化，形塑自己的抒情特色。

（一）運用中國古典文學傳統

聯繫中國古典文學、抒情傳統，為學界對陳義芝詩作之共識，亦久為陳義芝援以自重。

陳義芝對中國古典文學抒情傳統的發揚蹈厲，經常以兩種方式：其一，將自己投入古老中國；其二，將中國古典文學的典故注入當下的現實。他或在意象、詞彙、情境、典故中，將自己投射進古老的中國，如〈蒹葭〉、〈陽關〉、〈思君如滿月〉；或往復於古典文學傳統與現代生活實境，化用典故，注入現實，如〈醉翁操〉、〈夜讀記事〉。對中國文學傳統的呼應與運用，以與杜甫相關的典故為最，如〈夢杜甫〉、〈新婚別〉，即為對廣義父鄉的描述與杜甫精神的再現。

早年陳義芝詩中的古典意象，多用以加油添醋，帶動氣氛，或營造戲劇效果。如〈離〉、〈採藥人〉。〈離〉冶煉了中國文字的雙關義。〈採藥人〉改寫了賈島的〈尋隱者不遇〉，重現滿山煙雨中的現代採藥人。此二例共通之處，是陳義芝後來在《不能遺忘的遠方》序文說的「故作詩語」，以及鏡頭剪接般、夸飾的戲劇成效。

在同輩詩人中，他對中國的抒情傳統既有堅持，又特別能有自己的層次和變化。由陳義芝承繼而發展的抒情傳統，在抒情中有文化意涵、共同主題、抒情脈絡、文字質感。趨近遊戲性質的題材，在陳義芝筆下因而沾染了思索性，如〈現代籤詩〉。

（二）浪漫書寫

從主體和他者的相對性出發——而不是從濃得化不開的黏膩性——陳義芝展開「浪漫」的戲劇嘗試。他的「浪漫」特別表現在《不能遺忘的遠方》以降的詩集裡，情天欲海中的兒女情長；以及《邊界》和《掩映》中，無語問蒼天的流浪生死。

「浪漫」，指陳義芝詩中，具備自身包孕的後現代性：差異、相對、不確定。「浪漫」，指陳義芝擅長對物象感性而細緻的描繪，對於情之所鍾，恆采定點，或全景，或過程的鋪展；而非在散點中晃動、形成模糊焦距的景深。在這種抒情方式下，陳義芝的詩缺乏瞬間的爆發力，缺乏對「本質」的直接體悟。

二〇〇九年出版的《邊界》和二〇一三年出版的《掩映》，陳義芝發展出迥然不同於以往的風貌。姑且稱之為「灰燼詩風」。在情與不情之間，作品透出劫餘的蒼涼、看淡的微笑、大火縱燒後不得不的沉靜；較諸以前的詩集，跨行句的比例增多，音調變輕，明度彩度變低，句子變短。陳芳明說陳義芝：「拘謹而雍容有度」的風格，在這兩本詩集裡，有一種「夕陽山外山」的表現。如〈索菊花〉、〈濤聲．陳澄波〉、〈手稿〉、〈一筏過渡〉、〈哀歌〉等。

一九九三年出版的《不能遺忘的遠方》之後，陳義芝把情詩書寫帶到了新境界。思辨遊走於感性，穿透文字的是清澈的自我反省與體察；詩行間則常以情懷的融入或主體情感的暈染為效果。他的情詩裡，踟躕、瞻顧、遊走、撩動、搖擺、迷惘、渴望、猶疑、掙扎、攪亂、纏縛、懸擺，是常用的詞彙或意念，而與這些意念或文字相對的，是敘述聲音或詩中「我」清楚的自覺。

陳義芝多數情詩中的意象或意念能在詩行裡懸浮、擺盪，而情趣撩人，正出於指揮意象或意念的發話者，以穩定而清晰的自我探問，凸顯出同與異、耽溺與觀察的情思。〈遙遠之歌〉、〈潛情書〉、〈住在衣服裡的女人〉、〈觀音〉、〈萊茵虹〉，都具此特質。陳義芝情詩中的「浪漫」，時空距離下的「隔」發揮了相當作用。虛無縹緲的氣氛、彷彿蒙上一層霧的情境、對遠方可望而不可及的凝望、由風雨意象暗示的困惑之感，將「如何體現或詮釋感情」引向「感情世界中的主體能做什麼」。詩行在語調中潛藏的翻轉，陳義芝雖從未說白，卻已反制自己學養所自的現代主義精神。反制的重點在於，陳義芝在以情詩為主的抒情作品中，泯除了詩堅持作為小眾文學或菁英文類，而與閱讀大眾產生的文化鴻溝。

三、敘事

「抒情為體，敘事為用」，為陳義芝自行發展出來且越見昭著的風格。雍容沉穩雖是評論者對陳義芝的既定印象，陳義芝鷹鶽般精準明快的社會觀察卻早已展現：發表於一九七二年的〈辦公室風景〉即為明證。只是，陳義芝當年以受薪階級為對象的都會書寫，逐漸轉變為少年子弟江湖老的悵快感懷。

陳義芝詩的敘事多半以人事錯迕與家族身世為書寫焦點，以「形容詞＋名詞」的敘事句型模式、傷逝感懷的世故柔情，取代如在現場的銳利嘲謔；以「時空顛倒＋被動」，代替早年的「表態＋主動」。特色為：

（一）口語中的文言韻味

演繹楊牧觀察，陳義芝轉化古典而內化成為詩風特質的「介乎生熟之間且含涵大量古典趣味」的語法，關鍵在於把文言的韻味帶入現代口語。古代中國的文言文，可提取或改造敘述句型，接駁翻新，表現虛矯、作態、假風雅，或無可奈何、運籌帷幄，或躊躇滿志的心緒。

（二）具臨場感的宣敘調

在某些敘事分明的作品中，陳義芝以加工後的口語、具臨場感的宣敘調，適度放逐了可能的說明或議論，提升情緒為情感，並借重結構裡的部分對話形式，加強作品的戲劇性，顯現較深沉的思維。〈問答詩〉、〈一輩子的事〉、〈生活的岸邊〉、〈札幌〉就是例證。

當陳義芝運用宣敘調，該詩通常以明晰的背景為敘事的立足點。運用宣敘調，一邊落實了想像的現實根基，一邊又在讀者的審視下另創「詩中的當下」與「內在言說」調和的可能。

宣敘調調和口語及文言，使得詩行以趨近於日常言語的文字遂行詩意，詩的語言因而不需在百轉千迴中隱藏比喻，而能在似乎漫不經心中觸動因緣的介面。

（三）鄉土書寫

在詩壇汲汲於素描台灣本土時，陳義芝一方面詠歎台灣的現實，一方面把「鄉土」遙推到海峽對岸的血脈淵源，以飽滿的感性表現純樸而深刻、與眾不同的情懷。

陳義芝的鄉土書寫，涵蓋了國族認同、代際議題、地誌書寫、身分描繪等等。

由四川、山東、花蓮、彰化為歷史軸線，他詩中的「鄉土」以地理意象模擬時間意象，大略可分為台灣鄉野經驗、四川故園回憶兩類。

〈川行即事〉是一九七〇年代台灣現代詩經歷「關懷現實」與「回歸傳統」的口號後，以隱約和戲劇化的美學感發，超越吶喊或控訴現實的較早詩作。在傳播意義上，〈川行即事〉回應「返鄉探親」，寫活了大時代的百姓困頓心情，想像佐以探勘，是陳義芝呼應時代的明證。

四、長詩

即使在小詩或截句盛行的潮流中，陳義芝詩作的行數很少隨之起舞。除了二〇一三年出版的《掩映》部分作品，陳義芝詩集中的詩作仍維持在三十至六十行之間，以中間偏長的篇幅、規律的句式、對文字一貫的錘鍊堅持，實踐自己對寫詩這件事「不落俗」的期待。

除了獲得國軍文藝銅像獎的〈海上之傷〉，在已出版的個人詩集裡，陳義芝百行以上的詩作共計五首。其篇幅在一〇八至三一〇行之間；發表時間，從一九七三年到二〇一〇年，每個年代都有長詩。

以蛇為原型意象，陳義芝的數首詩作演練了詩中人的人格投影與生命情緒的焦點；〈蛇的誕生〉是其中最長的一首。

〈蛇的誕生〉構設的情節是：一尾水邊即將蛻化的青蛇，投胎到一個至溪邊洗衣的女子。詩寫青蛇在神滅之前，扣問自我以及觀察將成為母親的女子。詩行以「從受精前到誕生」的蛇靈，和「從懷孕前到臨盆」的母親，一主一副，交錯形成順敘的時間畫面。

〈蛇的誕生〉有幾個陳義芝詩作常見的特質：

（一）情境與光影的映照

風和閃電是〈蛇的誕生〉寫蛇靈的主要意象。以尋找投胎處、恍兮惚兮、邈邈然飄浮於虛空中的一抹靈為開端，第一節寫疾風掀動林葉，風姿樹影映襯踟躕游走、未成形的靈魂，光影間似乎隨時有什麼事要發生；以神祕而緊繃的氛圍當背景，對照括弧內每天陽光下勞動生活的母親。寫天機漾漾的一抹靈，借重大自然的情境暗示「蛇」的屬性。陳義芝擅於以情境與光影寫意的長才，凸顯無遺。

以光影意象為詩行間穿梭時空的神祕應合，從而跳脫常理邏輯，讓讀者看到既真實又往往被忽略的人生，是陳義芝的特技。如〈蒹葭〉、〈雨水台灣〉的水光；〈甕之夢〉的火光；〈作夢的房屋〉的火光和陽光；〈肇事者〉

彼此呼應的燈光、星光、螢火蟲光。

（二）語氣舒緩而不流於散文化的敘事特質

一般以「敘事」為主的長篇詩作，敘述過場經常是詩質最貧瘠之處；陳義芝的〈蛇的誕生〉相反。此詩的情節不明顯也無關緊要，整首詩幾乎都是一般敘事詩最容易流於情節交代和散文化的過場；卻以此取勝，非常特別。〈蛇的誕生〉富含小說的趣味，但在閱讀效果上，兩條敘述路線的抒情韻味強過故事性；以敘述設計為主、情節構思為副，抒情韻致帶出迴盪的語意。

陳義芝的幾首百行以上長詩，大致能以富於回味的想像大過情節或敘事的重點，發揮自己節奏上的舒緩特色，以詩質跨越長詩容易流於說明性或散文化的侷限。

娓娓道來、不疾不徐，是陳義芝詩作一貫的語調。然而篇幅拉長之後，在相對於短詩緩和的節奏裡，仍維持文字的密度、延展為綿密的敘述，在一九八〇至一九九九這二十年間的詩人裡，陳義芝的表現很出色。閱讀陳義芝的長詩，片段片段來讀，相對於他自己的短詩，文字基本上不太稀釋，而經常予人如短詩般稠密的印象。

（三）入神而流利的虛實轉換

陳義芝詩作的文字以抒情的氣氛和典雅的文辭見長，如此特質很容易以固定的意義向散文傾斜；陳義芝很多時候走在散文和詩的邊界，而大抵仍以流動的意象自然促成多重意涵的可能。虛實轉換經常是此中關鍵。

在〈蛇的誕生〉裡，閃電意象迴旋在各節，時隱時現，對照蛇的形象，這是意象的「實」；倒數第二節，蛇靈入人胎，即將誕生，點火的盤香和降生的時辰為三行內緊接的意象，一邊加速臨盆的節奏，一邊使得盤香與蛇形象的聯想為「實」、誕生之申時與雷電的遙遙呼應為「虛」，刺激出如同隱密微笑般的趣味。

陳義芝的虛實轉換以「實」（明顯的）領軍，更精彩的卻在「虛」（隱晦的）。從他詩作在顯隱方面的慣常表現，我們可以看出兩個特色：一、形式美大於生命質感；二、促使讀者在羅列的描寫後面，想像出平靜下的躁動。

綜觀陳義芝的詩，著重畫面、意象、音樂性。他以鍛鍊過的雅言和挑選過的口語，使其文字含有深刻的訊息而非徒具原始含意。其詩思辨內斂，詩思飽滿，情思綿密，感性浸潤，伸展自如，迂迴詠歎，藏露得當，融敘事與抒情為一爐，風格狷介而溫婉。

節選自《台灣現代詩史》（聯經出版，二〇一九），頁四五三—四七三

陳義芝著作

創作集

《落日長煙》，詩集，一九七七，德馨室出版
《青衫》，詩集，一九八五，爾雅出版
《在溫暖的土地上》，散文集，一九八七，洪範出版
《新婚別》，詩集，一九八九，大雁出版
《不能遺忘的遠方》，詩集，一九九三，九歌出版
《遙遠之歌》，詩選集，一九九三，花蓮文化中心出版
《不安的居住》，詩集，一九九八，九歌出版
《小孩與鸚鵡》，童詩集，一九九八，東大出版
《陳義芝世紀詩選》，詩選集，二〇〇〇，爾雅出版

《我年輕的戀人》，詩集，二〇〇二，聯合文學出版
《為了下一次的重逢》，散文集，二〇〇六，九歌出版
《邊界》，詩集，二〇〇九，九歌出版
《陳義芝集》，詩選集，二〇一〇，台灣文學館出版
《陳義芝詩選集》，詩選集，二〇一〇，新地出版
《歌聲越過山丘》，散文集，二〇一二，爾雅出版
《掩映》，詩集，二〇一三，爾雅出版
《為了下一次的重逢》，散文選集，二〇一四，四川人民出版
《不安的居住》，詩選集，二〇一七，四川人民出版
《無盡之歌》，詩集，二〇二〇，印刻出版

論著

《不盡長江滾滾來：中國新詩選注》，一九九三，幼獅出版

《從半裸到全開：台灣戰後世代女詩人的性別意識》，一九九九，台灣學生書局出版
《聲納——台灣現代主義詩學流變》，二〇〇六，九歌出版
《文字結巢》，二〇〇七，三民書局出版
《現代詩人結構》，二〇一〇，聯合文學出版
《風格的誕生：現代詩人專題論稿》，二〇一七，允晨出版
《所有動人的故事：文學閱讀與批評》，二〇一七，書林出版
《傾心：人生七卷詩》，二〇一九，幼獅出版

INK PUBLISHING
文學叢書 643

無盡之歌

作　　者　陳義芝
總 編 輯　初安民
責任編輯　林家鵬
美術編輯　林麗華
校　　對　陳義芝　林家鵬

發 行 人　張書銘
出　　版　INK 印刻文學生活雜誌出版股份有限公司
新北市中和區建一路249號8樓
電話：02-22281626
傳真：02-22281598
e-mail : ink.book@msa.hinet.net
網　　址　舒讀網http : //www.inksudu.com.tw

法律顧問　巨鼎博達法律事務所
施竣中律師
總 代 理　成陽出版股份有限公司
電話：03-3589000（代表號）
傳真：03-3556521
郵政劃撥　19785090 印刻文學生活雜誌出版股份有限公司
印　　刷　海王印刷事業股份有限公司

港澳總經銷　泛華發行代理有限公司
地　　址　香港新界將軍澳工業邨駿昌街7號2樓
電　　話　(852) 2798 2220
傳　　真　(852) 3181 3973
網　　址　www.gccd.com.hk

出版日期　2020 年 11 月　初版
ISBN　978-986-387-364-8

定價　280元

國家圖書館出版品預行編目資料

無盡之歌／陳義芝著 .--
初版 . --新北市中和區：
INK印刻文學 , 2020. 11
面；14.8 × 21公分. --（文學叢書；643）
ISBN 978-986-387-364-8（平裝）

863.51　109014563